송암 이관수 시조집

제3집

코로나19시대 별들의 속삭임

코로나19시대 별들의 속삭임

2021년 8월 25일 제 1판 인쇄 발행

지 은 이 | 이관수
펴 낸 이 | 박종래
펴 낸 곳 | 도서출판 명성서림

등록번호 | 301-2014-013
주　　소 | 04552 서울시 중구 삼일대로8길 17 3~4층(충무로 2가)
대표전화 | 02)2277-2800
팩　　스 | 02)2277-8945
이 메 일 | ms8944@chol.com

값 12,000원
ISBN 979-11-89678-88-3

송암 이관수 시조집

제3집

코로나19시대 별들의 속삭임

도서출판 명성서림

『코로나시대 별들의 속삭임』 시조집을 내면서

『코로나시대 별들의 속삭임』세 번째 시조집을 내면서 감회가 서립니다. 그러나 코로나19로 인한 고통을 생각하면 안타깝기만 합니다. 2019년 중국 우환에서 시작한 코로나19는 2020년 1월20일 우리나라에도 첫 환자가 발생하여 오늘까지 위협을 주고 있습니다. 정상으로 돌아가던 세상이 고통으로 살아가고 있습니다. 금년에는 더욱 강한 코로나 변종들이 더욱 인류를 위협하고 있는 실정입니다.

코로나 세상은 모든 활동의 발을 묶어 놓았습니다. 그러나 우리들의 활동까지 침체할 수는 없었습니다. 자연은 살아있습니다. 살아 숨을 쉬고 있습니다. 살아 숨 쉬는 것을 올려놓으면 시입니다. 2년 동안의 작품들을 분석하여 보면 코로나의 영향을 많이 받았습니다. 그리하여 주제도『코로나 시대의 별들의 속삭임』이라고 하였습니다. 어쨌든 코로나의 현상을 시조로 승화 시켜 매일 일기처럼 써 보았습니다. 코로나 시대의 작품으로서 그나마 다행이라 생각을 하여 봅니다.

우리의 시조는 선조들이 즐겨 부르던 노래입니다. 3장 6구 12음보로서 리듬을 살려 뜻을 담으면 이 아니 좋은 시가 없다고 봅니다. 여기에 벗어난 것은 시조가 아니라 자유시라고 볼 수 있습니다. 근래에 와서 시조의 전성기가 일어나고 있습니다. 시인들이 시조에 흥미를 느껴 접하는 가하면 시조의 발전을 위하여 노력하는 선생님들을 많이 볼

수 있습니다. 『시조문학』의 발행자이신 김준 박사님도 시조를 위하여 평생을 받치시는 선생님으로 이만 수가 넘습니다. 그 외에도 많은 분들이 계십니다. 특히 한국문인협회 시조 분과 김민정 회장님은 세계의 시조문학의 홍보를 위하여 영어, 스페인어 등 우리의 시조를 외국어로 번역하여 세계화를 꾀하고 있습니다. 특히 정격시조에 『시조사랑』 회원님들도 시조의 정격화에 힘쓰고 있으며 『시조미학』 회원님들도 많은 시조문학 발전에 기여를 하십니다. 그리고 강원도 홍천군에서도 오래전부터 학교를 통한 학생들을 중심으로 시조교육에 힘써 우수한 학생들이 나오고 있습니다. 또한 도에서도 『강원시조』 문학지 통한 강원도 우수한 시조시인들이 시조 활동을 활발이 하고 있음은 시조 발전에 큰 역활이 되고 있습니다. 이와 같이 우리의 시조가 활성화됨은 바람직한 일입니다.

어쨌든 우리의 전통적인 시조는 아름답습니다. 아름다운 시조를 더욱 발전시키고 계승시켜야 합니다. 시조시인으로서 바람은 학생들의 국정 교과서에도 시조 분야를 넣어서 자라나는 청소년들에게도 시조교육의 활성화가 되었으면 더욱 좋겠습니다.

이 번 세 번째 시조집을 발간하게 됨은 여러분의 덕분이라 생각하면서 바람은 시조의 활성화가 더욱 이루어지고 하루 속히 코로나가 없어지어 예전과 같이 즐거운 활동의 시대가 빨리 왔으면 하는 바람입니다.

2021년 10월 송암 이 관 수

차 례

1부 ● 무지개 빨강

2부 ● 무지개 주황

차 례

3부 ● 무지개 노랑

차 례

4부 ● 무지개 초록

5부 ● 무지개 파랑

차 례

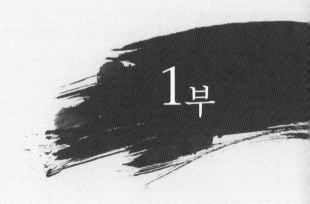

1부

무지개 빨강

세상사 혼났다

앞산에 진달래꽃 뒷산에 초록동산
무지개 파노라마 꿈꾸는 동산에서
초롱꽃 환한 미소에 나풀 대며 날았다

어쩌나 살다보니 꽃동산 멀리하고
욕심에 돌탑하나 돌돌돌 쌓아보니
어둠속 돌탑 속에서 소태 쓴맛 혼났다

역겨워

세상사 살다보면 별의별 있다지만
억지에 독선에다 어설픈 나태들이
그래도 제일 천하라 고개 번쩍 꼴불견

역겨워 못 보겠소 어지럼 흔들리오
그보다 못할 이가 세상에 없으리오
이치에 자연 섭리요 고집이랑 버리소

그때 그 시절

되돌려 돌아보면 옛날에 무지갯빛
그리움 아쉬움들 오늘에 손바닥에
황금빛 노을에 어려 아롱 대고 있도다

초록이 동동대고 계곡수 졸졸대고
한여름 매미소리 귓전을 때리는데
오늘에 그때 그 시절 바람으로 나른다

열차 안에서

오늘도 햇빛들이
차창에 들어오고

달리는 열차에서
정다운 이야기들

훈훈한 사람 온기들 웃음꽃이 열린다

겨울

차가운 겨울 날씨
봄 햇살 덧칠하면

사르르 속속들이
감칠맛 더해가고

봄기운 향긋한 내음 속삭이다 갑니다

라오스 여행길

허술한 함석지붕 정들이 오고가고
감돌아 돌아가는 숲길에 다정함이
차창에 그리는 사연 샘이 퐁퐁 솟는다

신작로 흙길에는 먼지의 이야기길
노랗게 익어가는 벼이삭 하트하고
천혜의 자연 속에서 사람정이 오간다

황시폭포(라오스)

파아란 옥색 물에 폭포수 내려 쏟는
물보라 파란 빛들 열리는 무지개 꽃
놀라운 천지신명에 함성소리 터진다

내치는 물기둥이 곱돌아 돌아가는
관광객 감탄인가 물보라 가슴안고
신비에 황시 폭포수 황홀눈빛 빛난다

메콩강 유람선

유유히 흘러가는 젖줄의 힘참이여
생명이 솟구치어 힘들이 올라가는
어려라 굽이 뱃길에 메콩강이 흐른다

파아란 물줄기에 역사가 드나들고
사람들 오고가는 전설의 이야기에
천지신 지킴 속에서 강줄기도 힘차다

구름(라오스에서)

흰구름 솜이불이 푹신도 하겠구나
천공에 펼쳐놓은 넓다란 들판에서
뛰어서 달려 보아도 아프지를 않겠다

여기도 연지곤지 저기도 신랑각시
하늘도 놀라겠네 서로들 부여잡고
오작교 다리 건너며 천생연분 신난다

달리는 차들(라오스)

달리는 차들이다 신바람 달려간다
우리차 혼들이여 라오스 이국땅에
민족의 머나먼 타국 자유대한 힘차다

여기도 달려가고 저기도 달려간다
장하다 세계화에 뻗치는 대한민국
수만리 이국땅에서 민족혼이 드높다

비행기 안에서(라오스)

날라라 하늘위로
서해의 노을들이

곡예의 징검다리
휘황한 웅비날개

수평선 노을에 안겨 붉어지고 있도다

낙엽

바람이 스산하게
스며드는 계절에

산산이 부서지어
뒹구는 혼신이여

여름내 힘찬 몸들이 굴러감의 허전함

교동도 낙조(落照)

교동도 파도 물결 보랏빛 둥근 햇살
망향 길 바라보는 점 잃은 시선들이
한 맺힌 눈물 되어서 연백평야 맴돈다

철조망 손에 들고 아픔에 칠십여 년
고향 길 지척인데 못 가는 혼들이여
떼 지어 노을 되어서 북한 땅을 밟는다

수덕사의 여승(김일엽)

애절한 운명이여 속세를 벗어나서
잊으려 애를 써도 정든 님 잊지 못해
밤새워 흐르는 눈물 수덕사의 김일엽

중생에 맺은 사랑 어떻게 잊으리오
법당안 촛불 켜고 님 그려 우는 마음
하얗게 지새우는 밤 쇠북종도 울었소

꽃망울

향기에 아름다운 꽃망울 망울망울
향긋한 보조개에 발그레 웃음피고
그대는 퐁퐁 옹달샘 얼싸안아 보노라

종종종 걸음마다 춤사위 하얀 날개
다정한 목소리에 마음에 꽃이 피고
언제나 동심이어라 임이시어 오소서

세월 속에

지난해 보냈도다 신년을 맞이했소
화살로 날아가는 세월의 흐름에서
옛날이 아른거리오 화양강이 뜨도다

찰나에 갔소이다 경자년 돌아왔소
돌리고 돌아가는 인생에 파노라마
오늘도 하얀 신기루 아롱대고 있도다

※ 홍천강 : 홍천군 서석면 운문산 마약골에서 시작하여 홍천읍을
(화양강)거쳐 팔봉산으로 춘천 남산면 방하리에서 북한강과 합류되
어(143Km약360리) 한강으로 흐른다.

달리는 지하철

지하철 즐거워라 달리는 황금열차
발그레 형광등에 친절한 안내방송
인생길 지하철이면 무슨 걱정 있으랴

달카당 신이 났네 소리쳐 달려가는
정거장 문 열리고 손님이 들어오고
사르락 문이 닫히며 어서가자 보챈다

소유와 무소유

버리면 허전하고 가지면 힘이 드는
무소유 허전 고개 인생의 깔딱 고개
나그네 갈지자걸음 갈팡질팡 무소유

보따리 무거운 짐 애타는 하얀 밤이
너와나 욕심의 길 버리면 아쉬운 길
가는 길 희로애락에 어느 사이 하얀길

갈대

그리움 감돌아서 갈대의 사랑물결
바람이 내려앉아 사르르 숨결소리
다정한 속살거림에 갈대밭이 신난다

쓰라린 소리

세상사 어지럽네 흑백의 시달림에
조이는 심장에서 고함은 터지는지
폭우에 봇물 터진다 쓰라림이 솟는다

속이는 위선 속에 서로가 어리둥절
오늘도 가시밭길 하소연 뱉는 소리
토하는 쓰라린 소리 뱉어내고 있도다

실버 탁구 송년회

정에 정 따사함에 즐거움 가득하고
가락에 춤사위에 어깨춤 절로 나고
너와 나 화사한 마음 노랫가락 춤가락

서로가 이심전심 따사함 얼싸안고
찬란한 네온사인 신나게 돌아가고
비췻빛 우리네 인생 웃음들에 신바람

힘차게 걷자

지나온 인생고개 고부랑 험한 고개
파아란 하늘 보며 정점이 생각하니
해조음 바닷물 소리 섞여오는 잡음들

인생사 생의 푯대 기적의 순간들을
눈 멀어 잡지 못한 후회가 살아남아
가슴속 다독거리며 잡아보자 힘차게

출근 지하철

비좁은 시루인가 콩나물 가득함에
얽히고 얽히어서 잡아라 물구나무
벌 받는 폭탄 세례에 사람마다 울음보

놀람에 형광등도 흔들려 몰리는데
사이로 요리조리 진땀이 나나보다
휘황한 파란 불빛에 땀방울이 흐른다

어느 시인의 시

비췻빛 하늘에서 선녀가 나폴 대고
청산에 웅비들이 치솟아 날개 치는
느낌의 마디마디에 빠져들고 있다오

정육점

엉덩짝 파란 도장 푸르게 찍혀있다
들판에 껑충대던 넓적 살 다리에는
시퍼런 강도 도장이 살점 위에 찍혔다

우리네 인생살이 몇 백 년 살 것인가
어느 날 뇌리 번쩍 그 누가 벗겠는가
가는 날 파란 도장에 인생막장 끝난다

위대한 어머니

소쩍새 우는 밤에 어머님 야윈 모습
손바닥 갈기갈기 자녀 위한 희생 길
온 정성 아가페 사랑 우리 자란 표적들

이슬비 소리 없이 내리는 가을밤에
눈가에 주름 가득 지나온 사연들이
오로지 자녀 위하여 그리 여진 훈장들

동전 한 닢

평생에 목욕 한 번 못다 한 너절함에
수백 번 몸을 팔아 망신 창 되었는데
그래도 침을 흘리는 동전 한 닢 찾는다

거지 탈 속옷처럼 너절한 몸일망정
고개는 빳빳하다 기세도 의기 당당
손 모아 빌고 빌어야 동전 한 닢 건진다

희망의 사월이 되기를

하얀 꽃 향기롭다 곱게도 피었구나
팔락여 앉아 보는 복사꽃 아름다워
해님도 다독거리며 하루 종일 노닌다

구름도 훨훨 날아 꽃잎에 앉아보고
바람도 졸랑대며 허리에 감아 돌고
우리들 꽃동산에서 사월 꿈이 핀단다

연잎 사랑

하늘에 물방울이 하나 둘 떨어지면
포근히 감싸주는 연잎의 깊은 사랑
안기는 보금자리에 발돋움의 새 생명

용서의 어려움

선조에 상처 자국
풀려고 잡아 보니

아리고 쓰린 마음
뇌리에 돌고 돌아

인생사
인간이기에
어찌할 수 없도다

밤에 내리는 비

그리움 빗물 되어 촉촉이 내리는 밤
창가의 미소 흐름 그대의 숨결 소리
고요한 적막 속에서 공허함을 달랜다

가정이 천국이요

어디에 어디가나 이정표 잃지 마소
세상사 소태라오 가정이 천국이오
언제나 정이 넘치는 손에 손을 잡읍시다

일평생 살아가도 든든함 온기 돌고
굳센 힘 열정으로 온기에 힘이 솟는
새둥지 어머니 품속 따신 가정 제일이다

서해 수호의 날

김정일 무모한 짓 천안함 폭팔 사건
산화한 우리 장병 우짖는 부모 형제
대한의 피가 튀었다 삼천리가 울었다

하늘도 뇌성 번개 바다도 솟구쳤다
꽃망울 피지 못한 한들을 어찌하리
울분에 토하는 멍울 오천만은 새겼다

방 안에서

유리에 방긋하는
해님을 따라가면

그리움 가득하네
향기가 살아있네

설익은
봄을 잡는다
파닥이고 있도다

쏟아지는 비

억세게 두들기는 성남의 소리들이
어느새 잔잔하게 흐르는 노래되어
꽃동산 아롱거리며 무지개꽃 피었다

가지에 싹

봄바람 살랑대니
그리움 피었도다

가지에 팔을 얹어
색동옷 수를 놓고

아릿한
연둣빛 가슴
봄의 사랑 초록싹

햇살

아침에 찾아오는 정다운 햇살에서
형제요 친구같이 이야기 도란도란
활짝 핀 환한 웃음에 서로안고 웃는다

정월 대보름

휘영청 보름달에 쿵더쿵 방아 찧어
부모님 모셔 놓고 오곡밥 잔치상에
맛있게 달빛 차려서 효도한번 해본다

코로나 19

허리를 감 돌아서 머리를 치는구나
날벼락 청청 하늘 강산이 쪼개진다
어쩌나 인간의 원죄 조여 들고 말았다

천지가 노하였소 하늘이 노래진다
인생사 어리어리 허둥대고 있도다
하나님 살펴주소서 손이 아려 아프다

겸손을 멀리하고 교만에 눈이 멀어
불가마 그치소서 속죄를 하고 있소
시뻘건 붉은 불더미 몰려오고 있도다

그리운 어머님

그립고 그리워서
보고파 어찌하리

언제나 다정 다감
천만년 사시는 줄

오늘에
그리움 가득
보고 싶은 어머님

아픔을 아는가

올해도 풍요로움 산들에 출렁이고
바람이 팔랑이다 가을빛 물들이는
타는 빛 금수강산에 단풍놀이 오란다

세상사 아픔 마음 아는지 모르는지
철부지 산들바람 산허리 감아 돌아
타는 속 부여잡고서 단풍놀이 가잔다

자유 대한민국

우리의 민주우방 세계가 도운나라
오천만 자유대한 자유의 대한민국
삼천리
금수강산에
펄럭이는 태극기

조약돌

채이고 찢기 우고
부딪쳐 상처 나고

가쁘게 달려온 길
평생에 험난한 길

바닷가
조약돌 되어
모래사장 빛난다

손 씻기

털어내고 털어내도
오염으로 덕지덕지

비린내음 마디마디
세상 오물 어이하나

씻어도
흔적 흔적들
벗어날 길 없도다

씻어내고 씻어내도
욕심으로 가득가득

훌훌 털고 어디론가
가버리면 좋으련만

씻어도
가득 가득한
욕심들이 설친다

사이비 신천지

엄마가 아들 찾네
아빠가 딸을 찾네

남편은 아내 잃고
아내는 남편 잃고

사기에 유혹에다
달콤한 사탕발림

허우적 빠져드네
눈망울 멍해지네

가정이
깨지는 소리
혼란 속에 아우성

2부

무지개 주황

코로나 속의 삶

노오란 하늘 노을 바람도 멈추었다
사람들 듬성듬성 모두 다 한숨소리
사는 것 사는 것 아닌 지옥문이 열린다

하나님 노하였다 먹구름 드리운다
가로수 눈망울에 앙상한 흔적들이
싹트는 파란 잎에서 가시바늘 돋쳤다

지구도 돌아가다 현기증 아리하다
오대양 육대주도 몸살에 아린자국
코로나 소태 쓴맛에 구토소리 드높다

코로나 위협

코로나 불그스레 불타는 인간세상
원죄로 시달리는 속죄의 아픔인가
심판대 욕심 물결을 도려내고 있도다

입들이 뾰족 대는 토하는 독소로다
찢기는 외침 소리 하늘을 찔러대는
자욱한 불가마 열기 중생들의 아우성

입들이 타는구나 붉게도 아프단다
어쩌나 천지진동 하늘이 노래진다
붉은빛 천둥 번개가 몰려오고 있도다

하나님 나라

구름이 흘러간다 바람이 굴러간다
말없이 어디론가 잘도야 가건마는
우리네 인생살이는 가시 살이 돋는다

가다가 멈추는가 오는가 가는 세상
육체는 살이 찌고 영혼은 가볍도다
천국의 하나님 세계 꽃이 만발 피도다

믿음에 영원하고 믿는 자 복되도다
거듭나는 인생에 하나님 복된 나라
영생을 복을 주시는 새 생명이 싹튼다

밤(夜)

몽상이 속살대는
하얀밤 지새우며

무지개 오작교에
손잡고 토닥이는

산 넘어
별들의 고향
꿈의 동산 꾸민다

용서

옛날에 상처 자국 풀려고 잡아보니
아리고 쓰린 마음 초심이 어디인가
하얀 밤 맴을 돌다가 손 내밀고 있도다

장독대

조상의 혼이 서린 장독대 서노라면
구수한 토종냄새 향기가 감아 돌고
어머님 따사한 손길 포근함에 안긴다

목련

봄맞이 화단 뜨락
파르르 깃을 털며

앙상한 가지 위에
학처럼 날개 펴서

향긋한
봄 향기 취해
팔락이고 있도다

아쉬운 봄

경자 년 백 쥐해라 만사형통 빌었는데
코로나 칭칭 감아 피가 솟쳐 올라가고
모두다 아우성 소리 이리저리 어쩐다

붉은 복장 적군이면 탕 쏘아 버리련만
몸속마다 파고드는 세균흔적 어디인가
허둥대 여기저기에 헤매다가 지친다

춘삼월 바람 불어 봄 한창 꽃피는데
코로나 세균 사례 봄바람 어리 둥절
봄인데 봄 같지 않으니 이내 마음 어딘가

봄소식

사랑 님 간직하다 터지는 연두꽃잎
배시시 잠이 깨어 영혼에 생명물결
종달새 파란 하늘에 날아올라 날갯짓

황매화

임 그려 지친 몸매 황매화 자락들이
바람이 가지 잡아 흔들어 이리 저리
무심코 흔들어 대는 바람님이 무심타

노란 입 분칠하고 몸단장 맵시에다
해님을 모셔다가 잔치 상 벌렸는데
벌 나비 어디로 갔소 기다리다 속 탄다

위기 속에 일심

황금빛 나래달고 마음의 문을 열어
어둠 속 터널에서 조이던 마음들이
환한 빛 봄의 햇살에 녹여들고 있도다

조이고 두려웠던 캄캄한 세상인데
험난한 고지에서 봉사의 손길들이
오늘에 고귀한 봉사 우리들의 빛이다

한마음 우리 민족 코로나 이겨내고
찬란한 아침 해가 오천만 가슴속에
장하다 단군의 혈손 자손대대 빛난다

코로나 시대 공원의 운동기구

하늘도 노하셨네 햇살을 쏘아댄다
병균아 물러가라 노성에 밝혀내도
서로가 부둥 켜 안고 여기라네 살 곳이

아이고 따가 와라 독소에 애가 탄다
밀치고 밀쳐내도 그 머리 불이 나도
벌겋게 달아오른다 운동기구 토한다

코로나 기세당당 기구에 찰거머리
기구는 외면이라 장갑에 마스크들
이변의 거리 두기에 세상풍경 딴 세상

수로에 버리는 양심

검푸른 봉지에다 썩어가는 악취냄새
모기가 득실대고 파리들이 좋아하는
버려진 양심더미에 병균들이 득실댄다

치우자 소원해도 서로가 등 내미는
누구가 하오리오 손 밀어 밀어보면
와르르 시커먼 오물 쓰나미가 몰려든다

빠른 인생길

가지에 물오르다 어느새 여름인가
푸름을 자랑하다 어느새 오색인가
창밖에 하얀 고드름 대롱대는 인생사

마음 부자

사랑에 초록 사랑 더할수록 행복하고
포근한 따신 사랑 키울수록 더해지는
우리네 애틋한 사랑 마음부사 여기다

사월의 꽃동산

봄동산 사월이라 까르르 함박웃음
나비는 봄빛에서 좋아라 팔랑이고
연둣빛 호수 물결도 찰랑대고 있도다

사월의 연두 빛깔 파르르 새싹들이
파란싹 벌 나비가 맛보는 봄빛으로
꽃동산 봄의 동산이 제정신이 아니다

미소에 신난다

야생화 한송이 꽃 길옆에 소롯하게
환영에 방글댄다 너 나도 벙글이다
파아란 하얀 구름도 방글대며 미소다

겸손의 미소들에 즐거움 오고 간다
보듬는 마음에서 서로가 웃음 이다
우리들 사랑의 꽃이 활짝 피어 신난다

울고 싶어라

기적이 울어 댄다 산천이 통곡한다
아픔을 알리이요 울분을 어이 하리
살다가 답답해지면 눈물 펑펑 쏟는다

바다가 울렁댄다 하늘이 출렁댄다
쓸리고 쓸려가는 잔해의 더미에서
코로나 쓰나미 함성 인생들이 쓸린다

거기서 거기로다

너와나 이길 인가 나의길 저길 인가
숨차게 뛰어 봐도 바쁘게 굴러 봐도
우리네 걷고 걸어도 거기서 거기로다

너와나 이길 인가 나의길 저길 인가
갈지자 걸어 봐도 힘주어 뛰어 봐도
거기서 거기 인생길 쉬었다가 갑시다

코로나의 계절

일월인가 하얀 눈발 팔랑이다 지나가고
춘삼월에 봄의 날개 돋치다가 날아가고
코로나 쓰나미 바람 계절 알고 찾아왔다

새해 하늘 하얀 눈발 산천초목 내리더니
계절 찾아 봄이런가 초록 물결 꽃밭인데
마스크 방벽 입마개 계절 잊고 살아간다

오월 코로나 방어

따사한 태양빛이 온누리 펼치더니
연둣빛 가지마다 초록빛 더하는데
들끓던 코로나 음성 맴을 돌고 있도다

장하다 대한민국 일심에 국민단결
희생에 봉사정신 울리는 웅장함이
우뚝한 민족 합심에 힘찬 힘이 솟는다

사람도 신이난다 차들도 거리질주
마스크 방어벽에 힘차게 도약하는
장하다 오천만 웅비 해오름이 힘차다

오월 하늘

비췻빛 하늘이라 감돌아 휘 돌아서
잎가지 사이사이 비집고 들어 앉아
산나물 햇빛 버물려 잔치상이 한가득

하늘에 구름 돌고 냇가에 바람 돌고
보조개 뽀얀 얼굴 그리운 모습 들이
그날을 지르밟으며 무지개꽃 피운다

물기둥 하늘 햇살 온누리 오월향에
눈감아 그려 보는 동안의 까까머리
오늘에 어른 되어서 오작교를 걷는다

어디로 가는 건가

어디서 나왔는지 어디로 가는 건지
누구에 물어봐도 아는 이 누구인가
가랑잎 부스럭 소리 어디론가 가는가

가시밭 험한 길에 생명길 목에 달아
소태맛 아린 맛을 삼키며 굴러 가는
세월강 건진 것 몇 개 석양빛에 버린다

나무 그늘에서

시원한 나무 그늘 꿈동산 벤치에서
지그시 감아보는 그 시절 추억들이
희미한 흔적 모으며 조각하는 그리움

한나절 일렁이는 햇살에 동그라미
저마다 그리움이 멜로디 가락이라
오선지 꿈을 날리는 바람소리 새소리

봄바람

초록에 입 맞추고 덜렁대는 봄바람
두발로 기어가다 네발로 서는 바람
온종일 동네 한 바퀴 구경 한번 잘한다

오후 한나절

초록빛 물결일어 잔잔히 흐르다가
구름이 내려앉아 배시시 웃어주다
손잡아 회포 그리며 얼싸안아 반긴다

바람도 솔솔 불어 공원을 돌고 돌아
언덕길 오르막길 뺑그르르 재주넘다
벌러덩 주저앉으며 쉬었다가 가잔다

사랑과 욕심 풀기

허물로 들러 쌓인 우리네 인생살이
너와나 원죄들로 가득 찬 우리인생
용서와 포용으로서 인생꽃을 피운다

죄들로 온몸가득 누군들 없다하리
눈뜨면 끓어대는 용광로 불구덩이
덮으며 손에 손으로 욕심사슬 끊는다

어릴적 시절로

초록빛 공원에서 어릴적 그 시절로
꽃나비 욕심 벗고 순수한 나비되어
못다 한 그리움 안고 파란 하늘 오른다

포도밭

태양빛 훔쳐 물고 일어선 포도 덩굴
수단을 목표 삼아 숨죽여 높이 올라
하늘빛 파란색 물고 포도 알이 되었다

민초들 어둠에서 발돋움 앞을 다퉈
저마다 요리 조리 고개를 흔들다가
잎 사이 들어온 햇빛 자랑이다 높이도

누군가 채어가랴 가슴속 희망 가득
희망의 눈빛으로 설레 임 마음마다
기다림 알알이 박혀 주인 찾아 가잔다

꼬인 매듭 풀면서

실타래 꼬이어서 안간힘 쓰고 있다
고행사 매듭으로 소태맛 앓고 있다
풀려고 있는 힘 다해 굴려가고 있도다

고운길 여기저기 꼬여서 어찌하나
난도질 쏭당쏭당 무한정 잘라내면
곱다던 실의 타래가 오물 되어 버린다

인생사 아픈 흔적 그 누가 없을건가
고행길 매듭 고개 쓰라림 넘는 고개
평생에 풀고 풀어서 오늘까지 왔단다

우리네 인생살이 매듭들 여기 저기
정성에 요리조리 정들여 풀고 나면
희망봉 빙그레 미소 살맛나는 우리다

흘러가는 구름

용두암 솟아나서 흐르는 은빛 날개
방그레 햇살 받아 따사한 새털구름
산허리 두리 두둥실 흘러가는 꽃구름

봄날에 따신 햇살 온몸에 가득 싣고
하얀 옷 하얀 마음 하늘에 수놓으며
싹 틔울 보금자리로 굴러가는 인생들

하루

따사한 햇빛으로 박음질한 나뭇잎
시원한 오아시스 잎들이 무성하면
열가마 붉은 회오리 쉬어가는 놀이터

붉은 해 불그스레 서산에 넘어 가면
지구촌 돌고 돌다 반딧불 빛을 꺼내
못다 한 아쉬움들을 밝혀내고 있도다

홍천 내면 삼봉약수

초록봉 하늘빛이 신선수 빚어 놓고
산약초 물어다가 약수에 풀어 넣고
만병초 녹고 녹아서 삼봉약수 되었다

신령님 살아계신 오대산 골짝마다
펑펑펑 솟아난다 옥색수 약물들이
한 모금 간장 서늘해 찜통더위 사르르

※ 강원도 홍천군 내면 광원리 실론골에 위치한 약수터로 강주봉인
가칠봉을 중심으로 좌봉은 응복산, 우봉은 사삼봉 등 3개의 봉우
리로 둘러싸여 있어 삼봉이라 부릅니다. 피부병, 신장병, 신경쇠약
등에 효험이 있습니다.

외로운 섬 하나

우주의 미로 속에 생명 줄 붙잡고서
귀 막고 눈을 막고 불가마 용광로에
섬 하나 산고 속에서 점 하나를 찍었다

바다에 돛대 없이 부표로 찍혀있는
현기증 갈지자에 태초에 앓은 흔적
수평선 바라보면서 숙명으로 서있다

새벽의 소리

졸졸졸 물소리가 창가에서 들려온다
돌돌돌 조약돌이 물속에서 굴러간다
파르락 나비 날아서 하늘위로 오른다

태초에 흔적들이 합창의 연주 속에
파아란 하늘소리 가지에 악보 걸고
새소리 노래 소리로 교향곡이 울린다

삶

생명은 자연에서 자아의 존재이다
생존은 번창위한 미래의 표상이다
공존은
삶의 가치를
높이려는 노력이다

욕심을 버리고

욕심에 빨려 들어 좁혀지는 욕심 굴레
새 천지 파란 하늘 지상낙원 하늘인데
코뚜레 멍에 쓰고서 소태 고개 넘는다

뿔 망태 민망하여 내려놓는 인생사
놓으며 미련 없이 가벼운 마음에서
버리고 내려놓으니 나비 되어 가볍다

가로등

불현듯 태어나서 어느날 눈을 감을
사르르 살아지고 어디로 떠나 버릴
오늘에 가로등 아래 나의 흔적 새긴다

동강 난 한 반도

오늘에 어찌하랴 육이오 혈육전쟁
대한의 금수강산 핏물로 물들였던
칠십 년 남북 아픔에 한이 서린 눈망울

동강 난 반도 허리 두 동강 잘린 아픔
소태로 우는 구나 네 모습 차마 못 봐
한반도 삼천리 강산 태극기로 빛낸다

하늘 교향곡

태곳적 태양에서 빛으로 들어 부은
발그레 피어나고 파르레 돌고 돋는
꽃구름 하얀 동산에 꽃동산이 되었다

선녀들 다리 놓고 무지개 산에 걸고
별들의 노래 소리 달님의 방아 소리
우주별 놀람 교향곡 베토벤이 지휘다

달리어 가잔다

뜨겁게 쏟아지는 태양의 열기들이
퍼부어 달궈내는 지구촌 열가마에
달린다 산과 바다로 승용차가 달린다

풀잎의 미소들이 방글방글 웃음 활짝
계곡에 바람잡이 돌고 돌아 불어오고
산새들 휘파람 소리 우리들이 신난다

철쭉꽃 피는 계절

슬픔을 감지하여 유유히 흘러가는
저림에 가슴앓이 들리는 메아리만
고요한 정막 속에서 그리움이 흐른다

마음속 스며드는 후회와 번뇌들이
눈망울 아른거려 고이는 눈물방울
이제와 어찌하리오 후회들이 몰린다

피는가 그리움아 무정한 옛날이여
유월의 아름다운 계절이 다가오면
철쭉꽃 그리움들이 꽃이 되어 핀단다

세상사람

성스런 하늘 아래 그윽한 축가 소리
어머님 품속에서 세상 밖 나올 적에
옥색수 은방울 울림 산새 소리 들렸다

어쩌오 어찌하오 군자를 벗어 놓고
따가운 욕심사슬 몸에다 칭칭 감아
아픔에 벗으려 해도 벗을 수가 없도다

비 오는 날

그리움 이슬비에 아련한 그대 환상
솟치는 기다림에 설레는 눈물 되어
자르르 흘러내리는 눈물 속에 피는 꽃

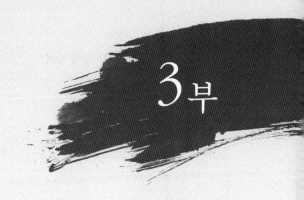

3부

무지개 노랑

열기

열가마 갈팡질팡 삼천리 방방곡곡
헤집어 여기저기 곳곳에 찾아들어
뜨겁게 아롱거리며 아스팔트 녹인다

열기에 날개 달아 빨갛게 달구어서
무섭게 쏟아 지어 나무진 훑어내고
헐떡여 가쁜 숨소리 뱉어내고 있도다

어린 시절 아린 맛

무겁게 등에 지고 아픔에 걸어온 길
눈 감아 더듬거려 그 시절 돌아가서
쑥대밭 검은 잡초를 쑥쑥 뽑아 버린다

어려움 감아 돌아 아팠던 아린 시절
붙잡아 휘휘 감아 따가 움 힘들었던
소태맛 입에 감돌아 그 시절을 태운다

해변가 추억

파도가 손짓하는
부둣가 해변에서

사랑을 노래하며
미래를 설계하던

그 날에
모래 백사장
하얀 모래 빛난다

갈매기 끼룩 끼룩
순풍에 돛을 달고

하이얀 파도 물결
하늘로 치 솟았던

추억의
바다 소리에
갈매기 떼 나른다

자연에 살리라

흰구름 멜로디에 바람이 너울대는
아라리 아라리요 새소리 들어가며
계곡에 옥수물 소리 자연 속에 살리라

어린 시절

어릴적 보고 싶어 별들을 그렸더니
배시시 웃음 주며 조약돌 동그라미
눈감아 떠서 오르는 그 시절의 내 모습

둥글게 떠오르는 친구들 동안들이
배시시 웃음보에 빼앗긴 나의마음
오작교 다리 놓으며 밤새도록 이야기

여름날 냉면을

감칠맛 돌아가는 향긋한 냉면 맛에
여름날 제격인가 간장이 서늘하고
칠월에 아삭 소리는 여름더위 식힌다

여름의 열기

벗겨진 태양 열기 옷깃을 풀어헤쳐
길가에 털어 버린 열기의 잔해들이
점점이 붉은 흔적들 꿈틀 대고 있도다

뜨거워 지쳐버린 숨 가쁜 아스팔트
우리들 달려간다 여행길 행로 따라
파도가 넘실거리는 푸른 바다 저기다

고통

봄철에 꽃봉오리 보란듯 피었건만
코로나 엄습으로 그늘에 숨어들어
숨소리 고개 숙이고 향기마저 잃었다

활기찬 예전 모습 어디에 간곳없고
견디다 힘에 겨워 기나긴 한숨소리
희망찬 삶의 터전을 언제인가 찾을까

포장만 요란한데

포장지 호화 둔감 번득임 허상에서
속내는 허허 비어 소리만 질러대고
깡통에 호들갑 떠는 빈 수레에 호화판

빈 그릇 땡 그랑에 소리만 요란하오
큰소리 너무 하소 알맹이 어디 있소
내가 더 알맹이라나 속은 텅텅 빈수레

여름의 시작

따끈한 태양빛이 붉게도 쏘아대고
시원한 그늘에는 매미의 소리준비
유월은 여름 열리는 파란구름 하늘가

건강 부자 최고

치매가 무섭다오 뇌기능 마비라오
신나게 운동하고 독서에 식사조절
손잡아 건강검진에 앞장가는 우리들

너와 나 건강하면 그것이 행복이요
금주에 담배 끊고 몸들이 건강하면
일평생 튼튼한 몸에 가정행복 부자요

숲 속에서

정다움 오손도손 정들이 솟아나고
새소리 재잘재잘 숲들이 좋아하고
오솔길 숲 속 길에서 신선들이 놀잔다

솔바람 바람내음 솔가지 춤을 추고
계단에 층층다리 방그레 미소 짓고
숲 쉼터 의자 나란히 나를 보고 반긴다

바람(風) 노래

하늘에 파랑바람 숲 속에 초록바람
내 마음 높새바람 나비는 하늬바람
너와 나 바람 아리랑 아라리가 힘차다

별들의 고향

밤하늘 반짝이는 별들의 고향에는
정답게 속삭인다 정들이 조잘댄다
은하수 다리 놓으며 만남의 날 기린다

오작교 무지갯빛 만남 날 돌아왔다
칠석 날 견우직녀 눈물의 상봉이다
엉키어 눈물바다에 빗물 되어 흐른다

추억

추억을 쌓아 보는 붙잡힌 나의 마음
부엉골 새가 울고 냇가에 매미 울고
고무줄 열두 마당에 마을 어귀 환하다

어머님 회상

고향산 옹기종기 흐르는 산자락은
보고픈 어머님의 헌신의 모습들이
고마움 날개 되어서 파란 하늘 두둥실

일평생 자식 위해 고생에 헌신자리
마음속 휘여 감는 따사한 사랑들이
오늘에 감회의 눈물 불효자여 웁니다

초여름

초록향 녹색 하늘 유월의 초여름에
숲속에 훨훨 날아 천공에 나비되어
파아란 하늘 날으며 꿈을 향해 달린다

아기 송

아기송 파르스름 가지 끝 매달리어
대롱대 엄마 가슴 파고든 보금자리
늦가을 어미 되어서 부모 마음 알리오

하향길 인생

정상을 지났소다 오를 데 어디 있소
애쓰고 붙잡은들 한계 점 어디 이오
어쩌나 어쩔 수 없는 내리막길 하향길

소리쳐 불러보고 발버둥 안간힘에
잡아도 떨어지는 아롱대는 신기루
오늘에 비우고 비워 나비 되어 갑시다

바닷가

사랑가 하얀 물결 기러기 날개 되어
끼루룩 바다 위로 날개는 하늘 날고
못다 한 그리운 정에 노래하고 있도다

파도는 철썩이고 바람은 노래하고
구름은 하늘대고 고깃배 만선에다
온종일 합창 교향곡 바닷소리 신난다

거울

마음 속 거울 앞에 환하게 드러났다
빨갛게 빨간 것은 파랗게 파란 것은
색깔별 진실 되어서 빨강 파랑 되었다

색안경 벗어본다 세상이 바로 선다
새들이 노래하고 구름은 두리 둥실
새천지 꿈의 동산에 새털 구름 보인다

생각을 바꾸면

생각에 되새김질 잡석이 나비 되오
버들이 노래하고 파도가 춤을 추고
꿈동산 이슬방울이 초롱초롱 별이 되오

복된 우리

그대와 내가있어
나비가 날아가고

그대와 내가있어
햇빛이 찬란하며

그대와
내가 있어서
복된 오늘 있도다

용수골

하늘이 감아 도는
용수골 계곡에는

옥색수 비비 돌아
휘감는 천하비경

물소리
노래되어서
메아리로 흐른다

가을산 영롱한데

협곡을 달려온지 봄여름 가을산야
오늘에 무지갯빛 가을산 영롱한데
나는야 불타는 열정 안아보고 있도다

연리지

그리움 소나무에 정에정 엉키어서
천생에 연분으로 연리지 평생해로
하늘도 오색무지개 감탄하고 있도다

화석

새들이 노래한다
시냇물 졸졸댄다

태곳적 흔적들이
그대로 살아있다

수줍어
못한 말들을
화석에서 소곤댄다

여정 행로

살아온 나날들을 낮은 곳 찾아들어
기나긴 여정에서 죄의 날 고해하며
오늘에 내림 길에서 겸손행보 걷는다

후회의 한

파아란 하늘들이
사르르 내려온다

초록별 별의무리
와르르 떨어진다

깨달은
후회의 한이
이슬 되어 맺힌다

동네 강아지

고물차 화물트럭 덜커덩 덜컹덜컹
강아지 졸랑졸랑 꼬리쳐 돌아간다
예저기 꼬리 흔들어 동그라미 그린다

무궁화 꽃

구비쳐 넘나들어
물소리 흘러오고

강물을 넘나들어
산자락 바람불고

산 강물
바람일어서
무궁화 꽃 피었다

봄이 핀다

봄 향기 흘러내려 냇물의 소리되고
봄 빛깔 무지갯빛 꽃송이 화려하고
봄처녀 삼삼오오에 비단자락 빛난다

봄 실어 찰랑찰랑 나비춤 나폴 대고
꿈동산 하늘하늘 꽃 피어 화사한 봄
꽃 핀다 얼었던 그대 아지랑이 오른다

산마다 계곡마다 꿈들이 피어나는
나는야 이봉우리 너는야 저봉우리
하늘에 우리 봉우리 꽃봉오리 신난다

착하고 지혜롭게

착하고 지혜롭게 겸손한 사회생활
언제나 어디서나 생활의 근본이념
우리네 인생 살이에 살기 좋은 세상사

빠른 세월

세월이 뛰고 있다 달리어 가고 있다
빠르게 가는 세월 번개에 콩이 튄다
천천히 쉬었다 가자 빛이 번쩍 번갯불

밤하늘 은하수에 별들이 총총 흘러
유수와 같은 세월 잡아도 흘러가는
번쩍여 세월이 번쩍 가지말자 세월아

독도

바다가 솟구치어 올리어 놓았는가
하늘이 내려앉혀 주저리 열렸는가
태극기 대한 얼들이 휘날리는 독도다

하늘이 빚어놓은 바다 위 돌섬하나
오천년 민족혼이 살아서 숨을 쉬는
우뚝한 동해 바다에 자유대한 영원히

꽃봉오리

태양빛 무지갯빛 모여든 꽃봉오리
환하게 웃어주는 동자의 모습으로
온몸에 가슴 가득히 정열들이 터진다

말

말이면 다말이랴 칭하면 아니 되오
헐뜯고 비방하고 낮추고 비하의 말
검은 티 교만 속에서 쏟아지는 낮은 말

금 보화 진주보석 말에도 있소이다
즐겁고 환희가득 신나는 칭찬의 말
고래도 춤을 춘다오 힘이 솟는 좋은 말

산속의 밤

초승달 손톱 달은 별을 싣고 우주 탐험
산바람 산들바람 밤을 싣고 밤 속 여행
오늘 밤 밤이 새도록 탐험 여행 신난다

백안〈白眼〉 시 청안〈靑眼〉 시

누더기 입었다고 백안시 하지마소
눈가에 티눈이라 아파서 어찌하오
누구나 쨍쨍한 날이 돌아올 수 있도다

비단옷 감았다고 청안시 하지 마소
환희의 호들갑에 시려서 못 보겠소
누군들 음지 양지를 벗어날 수 있도다

귀천이 어디 있소 축하로 태어났소
겸손한 모습으로 모든 이 대하며는
복에 복 하늘의 복이 내 몸으로 오도다

※ 백안〈白眼〉 시 : 남을 업신여기고 깔보는 행동
※ 청안〈靑眼〉 시 : 남을 환희하고 높이 받드는 행동

정에 정 오고 가고

기나긴 행로에서 정들이 온몸 가득
사연에 오고 가는 따사함 전율되어
흐뭇한 즐거운 미소 하루해가 즐겁다

초여름 짙어가는 소나무 그늘 아래
다독여 그려보는 그대의 환상 그림
복에 복 마음에 가득 훨훨 날고 있도다

이심전심

인사말 오고가는 정에 정 꽃이 피고
오는 정 기쁨이오 가는 정 희망으로
무궁화 동트는 아침 고난 이겨 힘차게

코로나 살기이라 허탈한 인간 마음
이겨라 대한민국 대대로 단군 광명
일심에 감염 퇴치로 발전하는 한국상

초가집과 나

계곡물 졸졸대는 향긋한 양지쪽에
벽치는 온돌에다 초가집 아담하게
제비집 작은집 하나 작지마는 크단다

벚나무 앵두나무 잣나무 호두나무
과실수 여기저기 심었다 양지바른
자란다 하늘 항하여 과실수가 신난다

봄에는 꽃 향기에 가을엔 단풍 향기
잎 파랑 훨훨 날아 하늘을 치솟는다
나는야 평생을 커도 커질 줄을 모른다

저녁노을

저녁놀 황혼 마음 눈가에 감도는 빛
저리고 아픈 마음 황혼 불 피워놓고
차디찬 쓰라린 가슴 녹여가고 있도다

한조각 부초처럼 부서질 운명 앞에
산등성 지는 노을 발그레 고해인가
한 떨기 야생초 인생 애잔함이 흐른다

인생길 가는 길에 아쉬움 손에다가
미완성 한송이 꽃 아직도 꽃망울이
석양빛 지는 노을에 속삭이다 가리다

하늘과 호수

하늘에 파란 구름 구름을 휘여 잡아
토끼도 그려 놓고 사자도 그려 놓고
온종일 하늘 도화지 동물모습 그린다

달밤에 호수 화판 둥근달 두리둥실
옥토끼 계수나무 떡방아 신이 났네
보름달 호수 궁전에 잔치상을 차린다

야생화 분재

꽃피는 동산에서 바람과 벗을 하고
별님과 소곤소곤 달님은 친한 친구
그리운 야생화 천국 눈에 삼삼 그립다

뒤틀림 어찌하리 붙잡힌 이내 몸이
꺾기고 뒤틀리고 피멍에 상처 자국
아프오 쓰라린 가슴 분재통이 아프다

자랑스러운 대한민국

파아란 하늘에는 구름이 천국이다
오뚝이 우리민족 세계에 자랑이다
모질게 피고 피는 꽃 무궁화여 장하다

방어망 철통인데 그 어디 숨을건가
좁히고 좁혀가는 우리의 방어 체계
코로나 방방곡곡에 숨을 곳이 어딘가

달리는 레일 위에 예방 일호 지하철
감염병 예방 지침 입에는 하얀 꽃잎
손님들 안심 방에서 건강 소원 애탄다

산천도 파릇파릇 초록빛 생기 나는
거리엔 꽃잎들에 미소들 자잘 소리
마스크 애국가 합창 동남가이 애국자

4부

무지개 초록

삶의 소리 두부장수

땡그랑 삶의 소리 아파트 두부 장수
아낙네 두부 한모 손아래 달랑 들고
밥반찬 맛난 두부에 오순도순 정답다

저녁에 몰고 오는 애절한 소리에는
갖가지 사연들을 트럭에 가득 싣고
발그레 밝은 웃음에 생의 환전 돌린다

우리들 삶의 곡예 돌아가는 인생사
인생길 희로애락 벗을 자 누구리오
애틋한 요람 소리에 알싸함이 흐른다

세계의 질병

인류를 감아 도는 괴질병 바이러스
그렁그렁 수면 위 포물선 그리더니
뱅그르 마의 수법에 어안 벙벙 골머리

긴장의 세월 속에 흐르는 세월들이
휘젓는 횡포들이 지구를 휘휘 감아
어쩌나 잔해 속에서 높아지는 숨소리

초록빛 하늘

초록빛 하늘이다 시원한 나무 그늘
여름이 쏘아대는 태양 빛 열기막는
시원한 그늘 펴놓고 알록달록 신난다

고향 산천

묵은지 그리움에 사무친 이내 마음
산천도 눈에 서려 눈가에 자국들이
붙잡힌 이내 심정을 어찌할 수 없도다

속살에 아물대는 허전함 인내하며
가슴속 도려내도 아픔을 참아가는
화판에 쓰라린 흔적 붙여보고 있도다

산들이 노래하고 강물이 춤을 추는
봄여름 노랫소리 겨울엔 하얀 노래
눈망울 굴려가면서 작품 하나 만든다

하루 시작종

먼동이 다가 오면 그리움 망울망울
핸드폰 아른대는 미소의 하얀 눈빛
배시시 문이 열리며 환한 웃음 가득히

어젯밤 사연 싣고 하늘에 구름 흘러
밤새워 동쪽 하늘 별 되어 기다리다
새벽녘 그리운 눈빛 살짝 웃음 웃는다

벨소리 건드리는 조타 법 타자들이
우르르 몰려오는 새벽에 난타 소리
정에 정 와르르 몰려 오늘 하루 즐겁다

축복의 인연

흐르는 구름들이 바람을 밀어주고
산골짝 옥색수도 산정기 도움으로
천지간 회전목마가 돌아가고 있도다

산바람 숲 속 바람 날라서 산등성에
해님도 넘어 가면 달님이 차고 올라
자연 속 시계 톱니가 돌아가는 이치다

부부로 맺은 인연 쓰라림 같이하는
애틋함 보듬으며 다독여 걸어온 길
세월의 아픈 흔적을 고이안고 왔도다

부모님 지극정성 세상 밖 뛰쳐나와
아가페 사랑으로 정성에 자란 이몸
오늘에 부모님 은혜 잊을 날이 없도다

논두렁 밭두렁

춘궁기 달래 냉이 봄 향기 너울대면
향긋한 봄나물에 온 마을 복이 터져
밭두렁 아낙 물결이 일렁이던 그 시절

논두렁 밭두렁에 메꽃의 하얀 줄기
손에손 휘어잡고 달콤한 향에 취해
콧등에 콧물 자르르 하하 웃던 친구들

현대판 그 자리에 아파트 회색 진열
그날은 간곳없고 소태 맛 쓰라린 맛
냇가에 퐁당 거리던 동안들이 그립다

코로나 바이러스

코로나 바이러스 뿔 달린 악마 행렬
하얀 눈 정초부터 찜통에 숨이 막혀
인간사 묻힌 응어리 악을 쏟아 붓는다

독함에 뿔을 달고 무엇이 한이더냐
이제야 미련 없이 가기도 하랴마는
세상사 맺힌 원한이 독이 되어 뿜는다

초록빛 공원

시원한 공원에는 온종일 노래 소리
새들은 자잘 대고 실바람 박자치고
즐거운 오후 한나절 음악 궁전 여기다

하늘에 파란 구름 두둥실 흐르는데
목청껏 울어대던 매미는 졸고 있고
숲 속엔 나비 쌍쌍이 그리움에 두둥실

건달불과 등잔불

시작종 전기불이 궁궐 속에 건청궁
형광등 밝은 빛이 눈에서 돌아가는
조선에 에디슨 불이 고종 궁전 번갯불

하룻밤 도깨비불 열두 번 왔다 갔다
조선궁 요란 법석 밤새워 소란 피워
건달 불 대롱거리며 조롱하는 백열등

어릴 적 등잔불에 밤새워 공부하면
콧잔등 검뎅이를 서로가 보고 웃던
그 시절 희미한 불빛 책 속에서 찾던 밤

빛바랜 추억

빛바랜 추억들을 하나둘 더듬으며
아련한 사연들에 그리움 정좌되어
오늘밤 한 폭의 그림 그려보는 내 마음

파르르 떠는 아픔 소리없는 몸부림
추억의 뒤안길에 묻어 둔 흔적들이
하나 둘 별이 되어서 반짝이는 하얀 밤

어미새

하늘에 날라 올라 공중에 날개 치며
노란 입 새끼생각 발톱에 피가 나도
오늘도 하늘 치솟는 지극정성 어미 새

자녀들 외침 소리 오로지 잊지 못해
고행 길 가시밭길 모질게 시련 와도
소태의 어미 몸부림 우리들의 어머님

별 하나 나 하나

조각달 걸터앉아
은하 강 걷노라면

귀속에 간질대는
별들의 사각소리

밤새워
속삭거리며
하얀 밤길 동행한다

별 하나 나 하나
별들의 고향에는

사계절 별꽃 만발
정들이 피는 마을

나는야
고향 찾아서
별꽃 하나 걸어 본다

물폭탄

하늘이 뒤집히나 번들 개 번득인다
잔뿌리 휘어잡는 생명의 외침 소리
저주에 우주 생명이 갈 곳 잃어 헤맨다

먹구름 성난 사자 이빨이 무섭구나
무너진 잔해 속에 생명은 뒤틀리고
물폭탄 삼천리강토 녹여내고 있도다

시뻘건 욕심으로 인간의 짓눌림에
우주도 놀람인가 한탄강 쏟아내는
애타는 우주원리에 손을 잡고 나간다

나무 그림자

깊이도 마음 폭도
알 수 없는 그대여

하늘과 인연으로
생명의 싹이 트고

그리움
주는 곳마다
세월 흔적 굳은살

쓰라림 삼키였던
말이 없는 잔해들

처절한 뭄 부림에
뼈와 살 붉은 혈혼

뼈마디
하늘거리며
지니 온 날 그림자

천재지변

보슬비 내리는 날 그렇게 좋더니만
천상에 검은 구름 시퍼런 사슬들이
휘잡아 파고들어와 가시 뼈만 남는다

몰아친 물줄기에 불기둥 번득이는
으르렁 천둥소리 산천은 무너지고
까맣게 타는 심장에 생명줄이 터진다

시뻘건 악마흐름 세차게 몰아치고
눈물이 솟구치어 한소리 높아지고
쓰라림 잔해더미에 눈물자국 퍼진다

아가페 사랑

세상사 오만함에 아픔의 하늘이여
쓰라린 가슴안고 헤매고 헤매다가
뼈저림 여기저기에 내려주는 재앙들

오락가락 먹구름 풀 것도 하랴마는
아직도 풀지 못한 세상사 오만불손
온누리 구석구석에 알려주는 경고장

꽃동산 파란 하늘 소망의 에덴동산
회초리 진정하소 우리가 지은 잘못
아가페 가득한 사랑 고해로다 받으소

숲 속 교향곡

하늘도 싱그러운 청청한 맑은 날에
꽃향기 가득 실은 바람이 불어오고
그늘에 가벼운 마음 하늘 한번 드높이

초록빛 몽실 구름 파랗게 굴러가고
파랑이 일렁이는 한나절 숲속에서
꿈들이 팔랑거린다 춤을 춘다 나비가

멜로디 무지갯빛 시원한 그늘 막에
새들은 노래하고 바람은 박자 젓고
매미는 매암 매암에 교향악단 신난다

희망의 나라로 가고 있소

전쟁사 우리옛적 그 누가 막으리오
편한 날 하루하루 어디에 있으리오
강자 힘 칼날 번득여 숨이 막혀 어쩌오

강대국 사이에서 번득이는 무력이
강산이 쪼개지고 혈육이 갈라지는
피 튀어 목을 조이는 남는 것이 없도다

인간사 돌려대어 막아내는 평화 사
욕심을 희망으로 갈아내는 안심 사
옛 보다 희망의 나라 나아가고 있도다

누에고치 인생사

잎 파랑 쪼아댄다 무섭게 갉아댄다
대 성충 하마몸집 뽕잎이 갈라진다
하얀 실 토해내어서 갇힐 집을 짓는다

일평생 욕심가득 못 채울 빈주머니
실타래 태산모아 회색 집 지어놓고
숨 막혀 숨통조이는 누에고치 인생사

어릴적 흔적

속살이 간질대는 어린 시절 추억들
아련한 흔적들을 뇌리에 쌓아 놓고
달빛에 담금질하여 하얀빛을 건진다

무명옷 초가집에 일렁이는 기억이
천장속 화판들은 뱅그르 돌아가고
밤새워 미완성 그림 방안 가득 그린다

여름은 익어가고

향긋한 초록내음 솔바람 불어오니
매미의 노래에서 나뭇잎 한들대고
숲 향기 솔솔 솔바람 동행이라 즐겁다

파란 하늘 높이 떠 구름은 방실대고
출렁이는 파란 꿈 하늘에 돛을 달고
여름날 파란 호수가 꿈을 싣고 두둥실

영롱한 무지갯빛 싱그러운 숲 속에서
여유를 풀어놓고 뭉게구름 쳐다 보니
익어서 툭 떨어지는 가을 문턱 소리다

팔월의 정글

서서히 타오르는 계절에 서노라면
가슴에 속삭거려 정열에 뜨거워진
뜨거 움 솟치는 사랑 불태우는 여름이

불꽃 들 고동치는 팔월의 정글에서
열기를 쏟아 부어 손에는 불꽃튀고
달린다 푸른 바다로 텀벙대는 바닷가

어머님의 지극한 사랑

저녁 깔린 뒷마당 황혼 노을 한가득
둘레둘레 한 바퀴 손으로 잡아 보니
그 시절 삶의 흔적들 살아있는 생동감

장독대 물 한 그릇 자녀위해 빌었던
어머님 지극 정성 감동서린 사랑 애
극진한 아가페 사랑 어머님의 그리움

야생초

비바람 모진 풍파 눈보라 칼바람에
세차게 찢기어도 악물고 버텨 내는
그 속에 열매 맺으니 장하도다 야생초

세상사 험한 파도 잘리고 아파와도
인내로 승화시켜 희망을 찾는 인생
인생사 삶의 모습이 야생초와 같도다

살맛나는 세상

좋은 사람 좋은 추억 차곡차곡 쌓아보자
배고프고 허전할 때 하나 둘을 손잡으면
이보다 더 좋은 행복 어디에도 없도다

좋은 덕망 좋은 은혜 차곡차곡 쌓아보자
덕을 주고 은혜 주고 서로서로 보듬으면
세상사 비췻빛 인생 천국 세상 여기다

구원의 손길

먹구름 요동치고 놀라버린 늪 바람
길 잃어 휘청대는 갈지자 걸음걸이
하늘도 노랗게 타는 어찌하오 이 재난

현실에 나타났소 코로나 날고뛰고
악마는 지구촌에 감겨오는 생명들
쓰나미 무서운 물결 노래지고 있도다

감 염병 몰고 오는 몰지각 퇴행이여
하늘 뜻 이런 건가 선두에 앞잡이로
방주를 도리고 도려 구멍 내는 코로나

인류의 자멸인가 방패에 코뿔소로
병마가 무기인가 소리쳐 질러대고
구원에 하나님 손길 어서 잡아 주소서

밤길 동행

하얀 밤 추억하나
눈 속에 잡아보니

까만 눈
동근 얼굴
해맑은 웃음으로

손잡아
따사한 손길
밤길 동행 환희다

스치는 어린 시절
별 되어 방안가득

별들에 붙잡혀서
속삭이며 하는 말

그리운
그때 그 시절
돌아가고 있도다

웅비하는 대한민국

해 돋는 동쪽나라 삼천리 금수강산
힘차게 뻗어가는 백두산 힘찬 줄기
대대로 이어져 나갈 터전이오 웅비다

무궁화 피고 피는 끈질긴 우리민족
쓰라림 난도질에 어떠한 고난 길도
손에 손 얼싸안으며 오천 역사 지켰다

근대화 근면 검소 불 철주 건설 함성
피와 땀 흘린 결실 세계 속 경제대국
우리 힘 세계로 뻗는 대한민국 힘차다

바닷가 소리

한 폭의 그림으로 가냘픈 흐름들이
하얗게 몰려오는 바닷가 찰랑 소리
시원한 파도 소리에 찰랑이는 내 마음

하늘가 몽실 구름 파도에 퐁당대고
바람도 날개 달아 돛단배 허리감고
뱃고동 노래 가락에 갈매기도 신난다

축복

축복이 옆에 있소 내 곁에 있소이다
아들 딸 듬직하고 손자가 방글 대고
가족애 가화만사성 내 손안에 복이오

길가에 민들레도 언제나 웃음이요
소나무 그늘아래 여기서 쉬라하오
눈뜨면 온 누리 가득 복을 주고 있도다

쓰린 마음 언제나

언제나 그치려나 추스르는 우리마음
애타는 심정으로 텔레비전 켰다하면
병마에 쓸리는 소리 쓸려가는 소리다

까치의 선물인가 코로나 실어 왔소
정초에 왔더니만 아직도 감아 도는
끊어진 아픔 허리에 휘어 감고 있도다

흔들림 지축에서 방황의 시간인가
아직도 찾지 못한 괴로움 나날들이
찬이슬 가을 문턱에 쓰린 마음 애탄다

아파서 어찌하오

민들레 쑥쑥 크다 꺾기여 어이하오
상처를 요리조리 하소연 하는 말이
억세게 쥐어뜯기어 하얀 핏물 흘리오

납작 코 질경이도 꼼작도 못하겠소
삽살개 밟아 대고 사람들 뽑아내고
보이소 가련한 신세 어찌하면 좋으리

덮치는 코로나에 불행이 몰려오오
찔리는 독소로서 쓸리어 가고있소
원죄에 인간의 허물 풀어주고 가소서

씨앗들에 잡초

씨앗을 뿌린다오 싹트게 물도 주고
골고루 여기 저기 희망의 씨앗들을
엽에서 일어선 잡초 뽑아주고 있도다

뽑았다 살펴보면 옹알이 여기있다
또다시 눈떠보면 저기서 살래살래
온종일 잡초 밭에서 헤메다가 저녁놀

진정한 부자

천만금 넣어 봐도 손안이 허전하고
명예가 넘쳐 나도 부족함 여전하고
넘치다 놓치는 인생 그리 살아 뭐하오

보리밥 나물밥도 먹으면 배부르고
초가집 삼간에도 정들면 즐겁다오
우리네 진정한 부자 욕심해탈 하소서

탄금대 사연

탄금대 호수 물결 빼어난 신록 절경
노을 진 하늘아래 노 젓는 황포돛대
가야금 탄금대사연 우륵사연 여기다

금휴포 아침이슬 옥구슬 조롱대고
학바위 저녁노을 발그레 천하일색
비취빛 절경 속에서 역사 흔적 찾는다

※ 충주에 있는 탄금대와 아름다운 호수는 우리의 역사가 흐르고
있습니다. 탄금대는 우륵이 가야금을 뜯었다 해서 탄금이라고 하
였습니다. 신립장군이 왜적들하고 용감히 싸웠으나 패한 곳이기도
합니다.

노래하며

즐거워 노래하고 춤추며 노래한다
마음을 열어놓고 차차차 돌아간다
우리들 손에 손들이 노래 속에 즐겁다

야생화 천국

물소리 아롱지어 하늘에 구름 된다
산새도 조잘대는 곰배령 계곡 따라
산약초 야생화 천국 꿈의 동산 여기다

고부랑 고브랑길 능선을 가노라면
물봉선 동자꽃에 옥색물 졸졸대는
시원한 냉기 감돌아 시원함에 노래다

여름 찬가

초록빛 짙은 향기 솔바람 불어오니
흐르는 맑은 바람 꿈들이 출렁이고
푸른 숲 비취빛 하늘 불어오는 호수다

멜로디 조잘대는 숲속에 노래공연
구름이 동동대는 하늘에 구름공연
여름날 한마당축제 공연마당 여기다

등나무 고통

몰아친 세찬바람 갈라진 몸통아리
아파도 뻗어가는 고통의 몸부림에
휘어진 굽은 등 마디 허리 굽어 아프다

코로나 바이러스 고통의 악성질환
인류가 쓸려가는 쓰나미 고통 속에
맙소사 휘어져 굽는 등나무가 되었다

벼이삭

토실한 씨알들이 정성에 싹을 틔워
하늘에 인사하고 주인님 손을 잡고
복 열매 알알이 맺혀 고개 숙여 인사다

벼이삭 출렁이는 들녘에 황금물결
여름내 땀범벅에 애써온 보람들이
황금빛 노랑 물결에 일렁이고 있도다

호숫가

잔잔한 호숫가에 발그레 미소들이
황혼은 물위에 그림자로 뒹구르고
원 그려 그리움들이 맴을 돌고 있도다

추억이 탐방대어 잔물결 살랑대는
인생사 희로애락 생애의 흔적들이
석양빛 황혼 노을에 회포 풀고 가잔다

바람으로

날아서 바람으로 산들에 강을 건너
파아란 하늘가에 수놓아 두리 둥실
자유가 넘실거리는 파란 하늘 날리라

날아서 바람으로 국경선 넘고 넘어
북한에 자유바람 동포애 손을 잡고
뜨겁게 칠십 년 소원 풀어주고 오리다

날아서 바람으로 국토에 쓰린 자국
산들이 쓸어 지고 강둑이 헤어지고
찢어진 상처 흔적을 고쳐주며 날리라

날아서 바람으로 소화제 이념해소
강원이 어디이며 충청이 어디인가
민족애 한마음에서 자유 대한 지키리

가련한 나무

태곳적 자랄 때에 꿈꾸던 어린 시절
마음껏 팔을 뻗어 기지개 맘껏 하고
비췻빛 파란 하늘에 날개 달아 솟았소

먹구름 노래지고 붙잡힌 어느 광장
파헤쳐 쾅쾅 다져 잡히어 십자가에
사방의 요란한 굉음 시집살이 소태요

흐르는 세월이라 누구도 막지 못해
몸집은 뒤틀리고 주인은 괴한 형벌
팔 잘려 다리는 휘청 불구 몸에 아프다

시조 미학

오묘한 절경들이 온 누리 꽃이로다
초장에 꽃봉오리 중장에 꽃이 봉긋
마무리 삼오 사삼에 꽃이 활짝 피도다

초록의 소근 소리 바람이 일렁이고
돌리는 춘하추동 백록담 천지 비경
향기들 삼장 육구에 오롯하게 싣는다

어디에 있으리오 절묘한 시조 미학
인생사 구구절절 하늘의 소통 소리
조상얼 빚고 빚어서 세계화로 빛내자

5부

무지개 파랑

코로나 깃발

세상이 슬픔가득 눈시울 붉어진다
번개통 천둥소리 번쩍여 두들긴다
가슴에 손을 얹으며 고해한다 신이여

분열에 합세하고 쪼개짐 조장하고
안개길 가야함이 아직도 구만린데
어쩌나 극과 극에서 소리치어 외치니

전염병 활개치고 살 절음 뜯기는데
민초들 생의희망 올 스톱 멈췄는데
코로기 높이 들고서 무엇들을 하려나

뿌리의 힘

생명 끈 길게 늘여 억척이 뻗었구나
장하다 힘찬 혈줄 뛰어서 뻗어 가는
뼈마디 삭신 거려도 너의 힘이 장하다

뿌리야 혈기들이 힘차게 감아 돌아
먹구름 걷어차고 쓰라림 발로 밟아
붉은 피 돌고 돌아서 솟구치어 나가네

고난 길 가시밭길 손잡아 이겨내어
꽃나비 날아 들고 새들이 조잘대는
너와나 에덴동산에 환희 속에 가보자

안개 속에서

생명줄 끊으려오 닫히는 직업전선
호황기 생명줄이 웃음은 무너지고
민초들 쓰라린 마음 부여잡고 있도다

눈들이 힐긋 힐긋 서로들 의심인가
좋았던 웃던 세월 어디도 간곳없고
마스크 하얀 꽃잎에 전염 세례 놀란다

뜬 구름 허공인가 자옥한 안개 세상
하늘에 뇌성 소리 땅에는 물 폭탄에
먹구름 안개 속에서 방주 찾아 헤맨다

가을 바다

파도가 넘실대는 망망한 동해 바다
가을비 갓 씻어낸 상큼한 초록내음
여름내 쑤시는 삭신 하늘 향해 던진다

흔들며 달려 나온 한 자락 파도 물결
소나무 숲 속에서 이 저리 굴러 돌고
속살이 따뜻한 바다 서로 엉켜 즐긴다

만삭된 비개 살에 던져진 허망덩이
치솟는 갈매기는 잘했다 끼룩 끼룩
수평선 하얀 물결에 깨인 나를 반긴다

놀라는 세상

코로나 바이러스 신종의 감염 병에
꽂히는 몸통아리 비수로 날아 들어
칼바람 구석구석에 난도질에 쫓긴다

원한의 혼령인가 휘 두른 독소들로
쓰라림 각혈토해 붉은 강 넘치는데
속앓이 고동소리에 세계 속을 흔든다

천지가 놀란 소리 시각의 퇴행 소리
하늘도 놀란 가슴 파랗게 질려 대고
주르륵 쏟는 눈물에 천지진동 놀란다

야생초 민족

바람도 쉬어 가는
곰배령 하늘 고개

비바람 불어와도
칼바람 몰아쳐도

굳세게
헤쳐 나가는
야생초여 강하다

민족사 강한 초생
우리도 있소이다

쓰라림 불사조로
코로나 이겨내는

한반도
오뚝이 인생
대한민국 있도다

가시 엉겅퀴

여름내 풀밭에서
야생초 야단이다

저마다 기가 죽어
안간힘 지쳐 있다

가시에
뿔을 달아서
독소 뱉어 아프다

사르르 이쪽으로
스르르 저쪽으로

어려 차 잡아당겨
억센 손목 조르고

점령자
가시엉겅퀴
긴긴 세월 횡포다

요즈음 세상

딱지로 버즘나무 괴로워 어찌하오
하얗고 검버섯에 몸마디 감돌아서
불로초 명약이 무효 아픈 허리 감았소

기다란 느티나무 검은 티 원망이오
늦게 티 느티라나 이름은 있지마는
온 전신 검으레 죽죽 괴로움에 소리오

숲마다 여가 저기 원망의 소리들이
하늘에 번개 치고 땅에는 물이 범벅
어쩌오 하늘의 이치 어느 누가 막으리

참 진실 그려보오

수레가 여기저기 지천에 날아가오
겉치레 반질하게 허사만 요란하오
어쩌오 진실의 소리 어디에서 찾으리

껍질을 벗어던진 한 마리 나비에서
탯줄에 갓 태어난 아기의 울음애서
창세기 에덴동산에 참 모습을 그리오

회오리 가을바람

회오리 가을바람 쓴 바람 몰려온다
시간을 더럽히고 날들이 늙어 가고
못다 한 아쉬움들이 밀물처럼 몰린다

인생도 휘청 대고 계절도 갈팡질팡
쓰라림 걸어온 길 아픔을 참아내고
조아려 서성거리는 가을 앞을 걷는다

오솔길

오솔길 숲에 바람 환상의 노래 길로
멜로디 구름 물결 하늘에 돌고 돌아
흰 구름 하얀 물결에 흘러가고 있노라

풀잎도 살랑살랑 파르르 엽서 띄워
정든 님 치맛자락 붙잡아 하소연에
발자국 머뭇거리다 애린 손을 잡노라

구름이 뱅그르르 새들은 노래하고
강아지 강아지풀 어미를 따라가고
햇빛도 한 바퀴 돌아 어깨 걸고 가노라

어디로 가고 있나

밝은 빛 어디가고
재앙 빛 가득한가

파고든 공포 속에
삶의 길 갈팡질팡

지구는
서서히 식어
생명 잃어 가는데

분열된 갈림길에
아우성 진동하고

독소의 바이러스
방어망 이리저리

쓰라림
국민의 소리
들려지고 있는가

별이 흐르는 밤

그리움 사연들이 흐르는 별빛 하늘
적막에 고요한밤 나 홀로 걷노라면
친구들 잔잔한 미소 감 돌아서 온단다

손 모아 속삭이던 하늘에 별을 보면
부엉 골 부엉 소리 떠올린 흔적들이
반짝여 별이 되어서 은하수로 흐른다

노을

희망의 노을에서 붉음이 눈부시다
타오른 열정들이 가슴에 타오른다
그리움 노을 속에서 고동치고 있도다

희망찬 붉은 노을 갯마을 가득하다
밤이면 별보고 별의미소 환한 미소
구만리 오작교 다리 견우직녀 환하다

가을 소식

끝자락 여름이라 솔 솔 솔 산들바람
잎마다 내리는 비 보채어 소근 대고
분홍빛 코스모스가 구름 되어 흐른다

정들여 곱게 키운 초록 잎 세운가지
떠나는 직별 인사 잎마다 간들 대고
조용한 웅성소리는 가을 오는 소리다

옛날의 감회

붉게도 서쪽 하늘 노을이 타오르는
주름진 두 눈가에 맺히는 이슬방울
흘러간 희로애락에 감회 서려 젖는다

옛날에 그리움이 떠도는 석양 하늘
기대던 소나무들 뛰놀던 언덕 동산
한 마리 비익조 되어 추억 안아 맴돈다

화양강(홍천강)

화양강 저녁노을 발그레 짙어지면
청춘에 시절들이 아련히 떠오르는
돌팔매 파문 그리며 동그라미 퍼진다

지나 온 추억들이 아롱대는 석양 길
붉은 놀 모래사장 강가 길 걷노라면
모질게 살아온 세월 흘러가고 있도다

노을이 서산 넘어 밤안개 깊어지면
흘러간 세월들이 하얀 밤 추억으로
오늘도 그리운 사연 물소리로 듣는다

※ 화양강(홍천강) : 山水가 수려한 서석면에서부터 서면 모곡리까지 흐르는 강을 총칭하여 洪川江이라고 하지만 홍천읍에 흐르는 강을 화양강이라고 부르고 있습니다.

타임머신

초고속 세월인가 혼자서 가고말지
어제의 청춘에서 오늘에 백발이네
추억을 돌리고 돌려 지난 세월 찾는다

돌리어 타임머신 거꾸로 가는 세월
솟치어 힘솟아서 떠들 썩 맞이하는
어릴적 엄마 품에서 아기들이 웃는다

하나뿐인 지구

돌린다 돌고 돌아 생명체 빙글 돌아
신들이 빚어놓은 살아서 숨 쉬는 곳
찬란한 하늘의 조화 신비 세계 여기다

우리들 희망이요 영원한 보금자리
이보다 지상낙원 어디에 있으리오
손잡아 영원한 친구 함께 사는 지구여

희망이 몰려온다

흐르는
파란 하늘
하늘에 동동댄다

그리움 그리움들
내일이 하늘댄다

단풍잎
파란 구름에
희망들이 온단다

복들이 흘러오는
희망찬 오색구름

너와 나
손을 잡고
한마음 한뜻이라

오리라
희망 가득히
구름 동동 오리라

춤추는 가을

향긋한 국화향에 정들이 가득하고
새들은 조잘대고 바람은 찰랑대고
단풍잎 오색 물결에 노랫소리 신난다

파아란 하늘가에 가을이 익는 소리
국화에 바람들과 솔향기 나를 안고
가을산 봉우리마다 단풍 구경 가진다

정자각에 취한

시 취가 녹이 있는 청아한 정자각에
한잔 술 취한 정객 한수로 시창하니
노을도 황금빛으로 밝은 미소 노래다

솔향기 시를 짓고 바람은 낭송하고
황홀한 절경 취해 시객은 읊조리고
저마다 한수 가락에 기암절벽 놀란다

한강의 기적으로

빗방울 뚝뚝 방울 길가에 흩어진다
발바닥 즈려 밟혀 흙먼지 되지마는
한마음 모인 빗방울 생명 힘이 강하다

물소리 세찬 소리 조약돌 굴려 대고
모래 돌 뱅그르르 하얀빛 빚어 내고
물소리 생명 소리에 솔바람도 신난다

오천만 자유대한 물방울 모이듯이
우리네 모여들어 힘차게 한강이라
모이세 한강 기적을 다시 한 번 세우자

가을 소리

가을밤 귀뚜라미 귀뚜루 우는구나
별자리 하늘에서 합창의 노래로다
그 소리 어둠 속으로 동반하여 취한다

여름날 지나온 날 더듬는 철학인가
키다리 나무에서 힘차게 울던 매미
귀속에 잠이 들어서 나와 같이 자잔다

아리랑 고개

달리어 숨이 가쁜 꿈꾸던 꿈의 고개
물보라 장미 빛에 아리랑 넘던 고개
오늘에 무지개 고개 맴을 도는 아리랑

추억의 그림

무명 옷 초가집에 일렁이는 추억들이
천장 속 화판에서 뱅글뱅글 돌아가는
밤새워 미완성 그림 방안 가득 그린다

병원 접수창

아픔에 쑤셔오고 저림에 고통이라
어디서 찾으리오 해소의 시원함을
접수창 만원 북새통 기다리는 눈동자

족통에 허리통에 긴장의 환자님들
전광판 기다림에 부르는 이름이여
조르르 의사 앞으로 간절함에 하소연

설악동

설악산 한두 계단 설악동 찾아드니
오색 수 무지갯빛 홀리는 절경이라
비경에 서리는 마음 떠날 줄을 모르네

파아란 하늘에는 천태만상 기암절벽
비췻빛 맑은 물에 단풍잎 나폴 대고
너와 나 넋을 잃고서 환상 속에 빠진다

가는 세월

벌겋게 타는 마음 다독여 잡아보고
휘감아 부는 바람 애걸도 해보건만
가노라 세월 흐름을 막을 수가 없도다

울먹여 계절 따라 어이해 잡아보나
초고속 날아가는 마음을 잡지 못해
붙잡혀 가는 세월에 휘청대고 있도다

신기루 인생

인생사 아옹다옹 천 갈래 갈림길에
뜬구름 잡으려다 삐끗에 허리 아파
고행길 당기는 저림 다듬이질 아프다

순간의 선택에서 인생길 머나먼 길
저 멀리 오아시스 이정표 안보이고
안개속 저 너머 표적 점점점에 신기루

키우리라

희미한 지난 세월 손톱에 가시인가
뜬구름 타고 가다 아픔에 세월인가
오늘에 별빛 보리라 별빛날개 달리라

그리움 날아올라 하늘에 꽃이 핀다
꿈동산 에덴동산 천사가 나폴 댄다
오늘에 은빛 날개에 달빛들이 빛난다

카톡의 이심전심

함께한 나날들에 정에 정 희락의 날
튀어서 발그레이 톡 소리 환한 미소
우리네 이심전심에 즐거움에 노래다

멀리서 아롱대는 임들의 손 나래에
빙그레 미소로서 기쁨의 날개 달아
날개 빛 회신 소리로 물레방아 돌린다

오늘도 바라본다 밤하늘 총총 별이
돌리고 돌아가는 별 나라 종소리에
오늘도 파란 하늘에 속삭이고 있도다

산촌마을 빈집 터

휑하니 인적 없는
낡은 집 덩그러니

옛 모습 시끌벅적
그 시절 어디가고

뺑대 밭
수북한 터에
세월 한탄 애탄다

맑은 물
정화수는
아직도 흐르는데

찾는 이
누구 없어
한숨에 눈물방울

발끝만
삐걱하여도
생기 돌아 방긋이

변하지 않는 친구

싸늘한 가을밤에
달빛이 잔잔한데

어디서 들려오는
쓰르람 소리에서

애절한
가을 소리가
나의 귀를 아린다

자르르 흐르는 밤
환상 길 걷노라면

달빛은 나를 안고
고요한 친구 여행

평생에
변하지 않는
너뿐인가 하노라

올해도 풍년

좋아라 밭에 간다 밭고랑 세어본다
하나둘 알찬 포기 한아름 안아본다
넉넉한 흐뭇한 웃음 풍년 왔다 더덩실

들녘에 일렁이는 넘치는 황금물결
저마다 색색들이 풍년을 자랑하는
넘치는 빨간 고추에 잠자리가 드높다

어허라 지화자자 올해도 풍년이다
한마음 한뜻이요 광실은 넘치도다
넉넉함 풍년가 소리 마을마다 한마음

보이스피싱

나는야 설마마소 설마가 사람 잡소
교묘한 수법으로 교묘히 채어 낚아
허우적 날개 앗으며 숨통마저 조이오

보이스 피싱이라 소리의 낚시라오
먹이는 요리조리 구미가 당긴다오
어쩌다 덜컥 삼키면 낚시 물려 아프오

해마다 수천억 원 낚시에 물린다오
이상한 전화 소리 지혜로 막아내어
너와나 피싱 벗어나 모든 가정 안전히

딩 구르는 낙엽

떨어진 낙엽 보고
영혼에 물어 본다

어디서 나왔다가
어디로 가느냐고

동그랑
뱅뱅 돌리며
모른다고 뱅 돈다

세월에 훨훨 날아
지나 온 세월들이

바람은 솔솔 불어
젊음은 어디 가고

흰머리
주름진 얼굴
나도 몰라 보챈다

감나무 골 아이들

붉은등 밝혀들고
손님을 기다린다

와르르 몰려온다
군침이 돌아간다

향긋한
감나무 향이
끝날 줄을 모른다

한바탕 동극무대
소란을 피워댄다

꼬마들 빨간등이
둥글게 돌아간다

향토 극
관객 없어도
아이들은 즐겁다

실직자 가장

어디로 갈 것인가
어떻게 할 것인가

자식들 눈에 밟혀
눈가에 맺힌 이슬

세상사
무심한 세월
피멍 자국 아프다

밤하늘 별들에게
쓰라림 던져본다

와르르 쏟아지는
서러운 사연들이

온몸에
흐르는 전율
마음 둘 곳 어딘가

팔락이는 그리움

하얗게 부서지는
그리운 숨결들이

잔잔히 들려오는
임들의 소리인가

그 소리
은빛 되어서
부서지는 파도여

철썩여 대답하는
흰 물결 하얀 파도

아우성 소리들은
애타는 마음인가

멀리서
수평선 저쪽
팔락이는 그리움

고난 딛고 피는 꽃

한포기 야생화도 저절로 피었겠소
칼바람 이겨내고 비바람 막아내어
한송이 어여쁜 꽃이 향기롭게 핀다오

조약돌 동그스럼 고난에 돌이라오
부딪쳐 피가 나고 구르다 멍이 들고
고통에 예쁜 조약돌 햇빛 받아 찬란히

우리네 인생사도 고난의 꽃이라오.
서로가 동글동글 어려움 이겨내면
밝은 빛 환한 웃음에 보람 꽃이 핀다오

애타는 마음

터지는 가슴 속을 그 누가 달래려오.
울 분속 타는 마음 가슴속 터지는데
별나라 별님마저도 눈을 감아 버리오

그늘진 상처에서 웅크린 소리들이
어쩌오 하소연들 하늘로 치솟건만
쓰라린 아린 마음에 가슴 저려 오도다

코로나 장기화로 찌들은 상처 흔적
까맣게 타는 마음 그래도 칠전팔기
해오름 등불 하나에 희망하나 단다오